Carlos Ruiz Zafón

Gaudí in Manhattan

Eine phantastische Erzählung

Aus dem Spanischen

von Peter Schwaar

Insel Verlag

Insel-Bücherei Nr. 1318

Gaudí in Manhattan

N.º 177. BARCELONA

TEMPLO DE LA SAGRADA FAMILIA

THOMAS — BARCELONA

Jahre später, als ich zuschaute, wie sich das Trauergefolge meines Meisters durch den Paseo de Gracia bewegte, erinnerte ich mich an den Tag, an dem ich Gaudí kennengelernt hatte und sich mein Schicksal für immer änderte. In jenem Herbst war ich nach Barcelona gekommen, um an der Hochschule für Architektur zu studieren. Mein Traum, die Stadt der Architekten zu erobern, hing von einem Stipendium ab, das kaum für die Einschreibegebühren und die Miete eines Zimmers in einer Pension der Calle del

Carmen reichte. Im Gegensatz zu meinen Studienkollegen mit ihrer Geckenerscheinung beschränkte sich meine Garderobe auf einen schwarzen, von meinem Vater geerbten Anzug, der mir fünf Nummern zu weit und zwei zu kurz war. Im März 1908 bestellte mich mein Tutor, Don Jaume Mascardó, in sein Büro, um meine Fortschritte und, wie mir schwante, meine unglückliche Erscheinung zu taxieren.

»Sie sehen aus wie ein Bettler, Miranda«, lautete sein Urteil. »Die Kutte macht zwar noch keinen Mönch, aber bei einem Architekten ist das etwas ganz anderes. Wenn Ihre Einkünfte zu knapp sind, kann ich Ihnen vielleicht hel-

BARCELONA. Sagrada familia. Puerto de la vida.

fen. Unter den Professoren heißt es, Sie seien ein aufgeweckter junger Mann. Sagen Sie, was wissen Sie von Gaudí?«

Gaudí. Allein die Erwähnung dieses Namens ließ mich erschauern. Ich war mit Träumen von seinen unglaublichen Gewölben, seinen neugotischen Riffen und seinem futuristischen Primitivismus aufgewachsen. Gaudí war der Grund, warum ich Architekt werden wollte, und mein größtes Bestreben – abgesehen davon, in diesem Kurs nicht zu verhungern – war es, ein Tausendstel der vertrackten Mathematik aufzunehmen, mit der der Architekt aus Reus, mein moderner Prometheus, die Anlage seiner Schöpfungen stützte.

»Ich bin sein größter Bewunderer«, brachte ich heraus.

»Das habe ich befürchtet.«

In seinem Ton hörte ich den Anflug von Herablassung, mit der man schon damals von Gaudí zu sprechen pflegte. Überall läuteten die Totenglocken für das, was einige Jugendstil, andere schlicht eine Beleidigung des guten Geschmacks nannten. Die neue Garde entwickelte eine Doktrin der Bündigkeit, die es nahelegte, die wahnwitzigen Barockfassaden, die mit den Jahren der Stadt ihren Stempel aufdrücken sollten, öffentlich zu brandmarken. Gaudí, der Junggeselle, kam immer mehr in den Ruf eines menschenscheuen Spinners,

A. T. V. — 47 - BARCELONA, Iglesia de la Sagrada Familia, Detalle de la fachada

eines Phantasten, der das Geld verachtete (das unverzeihlichste seiner Vergehen) und besessen war vom Bau einer phantasmagorischen Kathedrale, in deren Krypta er die meiste Zeit verbrachte, gekleidet wie ein Bettler, Pläne zeichnend, die die Geometrie herausforderten, und überzeugt davon, daß sein einziger Kunde der Allmächtige war.

»Gaudí ist völlig verrückt«, fuhr Mascardó fort. »Jetzt will er auf die Casa Milá, mitten auf dem Paseo de Gracia, eine Muttergottes von den Ausmaßen des Kolosses von Rhodos stellen. Das ist vielleicht starker Tobak. Aber verrückt oder nicht, und das muß unter uns bleiben, es hat noch nie einen Architekten ge-

geben wie ihn, und es wird auch nie wieder einen geben.«

»Das denke ich auch.«

»Dann wissen Sie ja, daß es sinnlos ist, wenn Sie seine Nachfolge anzutreten versuchen.«

Der ehrwürdige Professor mußte den Kummer in meinem Blick lesen.

»Aber vielleicht können Sie sein Gehilfe werden. Einer der Llimonas hat mir gesagt, Gaudí brauche jemanden, der Englisch spricht, fragen Sie mich nicht, wozu. Was er suche, sei ein Dolmetscher ins Spanische, denn dieser Dickschädel weigert sich, etwas anderes als Katalanisch zu sprechen, vor allem, wenn man ihn Ministern, Infantinnen und so

ESPAÑA

Prinzchen vorstellt. Ich habe mich erboten, einen Kandidaten zu suchen. *Du ju spiik Inglisch*, Miranda?«

Ich schluckte und beschwor Machiavelli, den Schutzpatron rascher Entscheidungen.

»*A litel.*«

»Dann *congratjuleischons*, und Gott steh Ihnen bei.«

Am selben Abend machte ich mich gegen Sonnenuntergang auf den Weg zur Sagrada-Familia-Kirche, in deren Krypta Gaudí sein Atelier hatte. In diesen Jahren faserte das Ensanche-Viertel auf der Höhe des Paseo San Juan aus. Jenseits breitete sich eine Fata Morgana von Feldern, Fabriken und einzelnen

Häusern aus, die sich im Raster eines verheißenen Barcelona wie einsame Wachposten erhoben. Nach kurzer Zeit zeichneten sich die Nadeln der Apsis in der Dämmerung ab, Dolche gegen einen scharlachfarbenen Himmel. Ein Wachmann mit einer Gaslampe erwartete mich in der Tür zur Baustelle. Ich folgte ihm durch Säulengänge und Bögen bis zu der Treppe, die in Gaudís Atelier hinabführte. Als ich die Krypta betrat, spürte ich mein Herz in den Schläfen pochen. Ein Garten aus Fabelwesen wiegte sich im Schatten. In der Mitte des Ateliers hingen ein paar Skelette in einem makabren Ballett anatomischer Studien vom Gewölbe. Unter dieser gespenstischen

BARCELONA
Sagrada Familia

Bühnenmaschinerie fand ich ein weißhaariges Männchen mit den blauesten Augen, die mir mein Lebtag begegnet sind, und dem Blick eines Mannes, der sieht, wovon die andern nur träumen können. Er schaute von dem Heft auf, in dem er etwas skizziert hatte, und lächelte mich an. Er hatte ein kindliches, magisches, geheimnisvolles Lächeln.

»Mascardó hat Ihnen sicher gesagt, ich sei vollkommen verrückt und spreche nie Spanisch. Sprechen tu ich's schon, aber nur um zu *wider*sprechen. Was ich hingegen nicht kann, ist Englisch, und am Samstag schiffe ich mich nach New York ein. Sie hingegen können Englisch, junger Mann, nicht wahr?«

An diesem Abend fühlte ich mich als der glücklichste Mensch von der Welt, als ich mit Gaudí Gespräch und Essen teilte – eine Handvoll Nüsse und Salatblätter in Olivenöl.

»Wissen Sie, was ein Wolkenkratzer ist?«

Da es mir diesbezüglich an persönlicher Erfahrung fehlte, grub ich die Begriffe aus, die uns die Professoren von der Schule von Chicago, den Aluminiumgerüsten und der Erfindung des Tages, dem Otis-Aufzug, beigebracht hatten.

»Dummes Zeug«, fiel mir Gaudí ins Wort. »Ein Wolkenkratzer ist nichts weiter als eine Kathedrale für Leute, die statt an Gott ans Geld glauben.«

72 BARCELONA - TEMPLO DE LA SAGRADA FAMILIA - PUERTA

So erfuhr ich, daß Gaudí von einem Magnaten das Angebot erhalten hatte, mitten auf der Insel Manhattan einen Wolkenkratzer zu bauen, und daß es meine Aufgabe sein würde, bei dem Gespräch, das in neun Tagen zwischen Gaudí und dem rätselhaften Auftraggeber im Waldorf Astoria stattfinden sollte, den Dolmetscher zu machen. Die folgenden drei Tage verbrachte ich eingeigelt in meiner Pension und ackerte wie ein Wahnsinniger Englischgrammatiken durch. Am Freitag nahmen wir bei Tagesanbruch den Zug nach Calais, von wo aus wir die Fähre durch den Kanal nach Southampton nahmen, um uns auf der Lusitania einzuschiffen. Kaum an

Bord des Kreuzers, zog sich Gaudí, krank vor Heimweh, in seine Kabine zurück. Er verließ sie erst in der Abenddämmerung des nächsten Tages wieder, als ich ihn im Bug sitzen und zuschauen sah, wie die Sonne an einem saphirblau und kupfern erleuchteten Himmel verblaßte. *Das ist Architektur, aus Dunst und Licht. Wenn Sie lernen wollen, brauchen Sie nur die Natur zu studieren.* Die Überfahrt wurde für mich zu einem blendenden Schnellkurs. Jeden Abend spazierten wir an Deck auf und ab und sprachen über Pläne und Träume, ja über das Leben. Da er keine andere Gesellschaft hatte und auch weil er vielleicht spürte, welch andächtige Verehrung ich ihm entgegenbrachte, bot mir

32 - Barcelona - Templo Sagrada Familia. B.Y.P

Gaudí seine Freundschaft an und zeigte mir die Entwürfe, die er von seinem Wolkenkratzer gemacht hatte, eine wagnerische Nadel, die, sollte sie Wirklichkeit werden, vermutlich das wundersamste je von Menschenhand geschaffene Objekt wäre. Gaudís Ideen ließen einem den Atem stocken, und trotzdem konnte ich nicht überhören, daß in seiner Stimme weder Wärme noch Interesse lag, als er das Projekt kommentierte. Am Vorabend unserer Ankunft wagte ich es, ihm die Frage zu stellen, die seit dem Auslaufen an mir genagt hatte. Warum wollte er sich auf ein Projekt einlassen, das ihn Monate oder Jahre in Anspruch nehmen konnte, fern von der Heimat und vor allem von dem Werk, das zu seinem Lebensziel geworden war? *Manchmal braucht es die Hand des Teufels, um das Werk Gottes zu schaffen.* Und er gestand mir, daß, wenn er sich einverstanden erklärte, im Zentrum Manhattans diesen babylonischen Turm zu errichten, sein Kunde die Kosten für die Vollendung der Sagrada-Familia übernähme. Ich erinnere mich noch an seine Worte. *Gott hat keine Eile, ich aber werde nicht ewig leben …*

In der Abenddämmerung kamen wir in New York an. Ein bösartiger Nebel wallte zwischen den Türmen Manhattans, dieser auf der Flucht unter einem gewitterpurpurnen und schwefligen Himmel verlorenen Metropole. Eine schwarze Kutsche erwartete

N.º 9 – BARCELONA. Templo de la Sagrada Familia.
Vista general del Interior

uns auf den Piers von Chelsea und brachte uns durch dunkle Canyons ins Zentrum der Insel. Dunstschwaden stiegen aus den Pflastersteinen, und eine Unmenge Straßenbahnen, Wagen und dröhnende Mechanoiden raste durch diese Stadt höllischer Wohnwaben, die sich über sagenhaften Villen türmten. Gaudí beobachtete das Schauspiel mit düsterem Blick. Blutrotes Licht fiel wie Säbel aus den Wolken auf die Stadt nieder, als wir in die Fifth Avenue einbogen und die Silhouette des Waldorf Astoria erkannten, ein Mausoleum aus Mansarden und Türmen, auf dessen Asche sich über zwanzig Jahre später das Empire State Building erheben sollte. Der Hoteldirektor erschien persönlich zu unserer Begrüßung und teilte uns mit, der Magnat würde uns empfangen, sobald es dunkel wäre. Ich übersetzte alles geschwind, Gaudí nickte bloß dazu. Wir wurden in ein luxuriöses Zimmer im sechsten Stock geführt, von dem aus man die ganze Stadt in der Dämmerung versinken sehen konnte. Ich gab dem Boy ein sattes Trinkgeld und erfuhr so, daß unser Kunde in einer Suite in der obersten Etage wohnte und das Hotel nie verließ. Als ich ihn fragte, was für ein Mensch er sei und wie er aussehe, antwortete er, er habe ihn noch nie gesehen, und machte sich eilig davon. Zum Zeitpunkt unserer Verabredung stand Gaudí auf und warf mir einen ängstlichen Blick zu.

N.o 7 - BARCELONA. Templo expiatorio de la Sagrada Familia.
Vista general del exterior.

Ein Fahrstuhlführer in Scharlachrot erwartete uns am Ende des Flurs. Während wir hinauffuhren, sah ich, wie Gaudí bleich wurde, kaum imstande, die Mappe mit seinen Skizzen festzuhalten. Wir gelangten in eine marmorne Halle, an deren Ende sich eine lange Galerie auftat. Der Liftboy schloß hinter uns die Tür, und das Licht der Kabine verlor sich in der Tiefe. Jetzt bemerkte ich, wie eine Kerzenflamme durch den Gang auf uns zukam. Die Kerze wurde von einer schlanken Gestalt in Weiß gehalten. Lange schwarze Haare rahmten das blasseste Gesicht, an das ich mich erinnern kann, und darin zwei blaue Augen, die in die Seele drangen. Zwei Augen identisch mit denen Gaudís.

»*Welcome to New York.*«

Unser Kunde war eine Frau. Eine junge Frau von verwirrender Schönheit, fast schmerzlich anzuschauen. Ein viktorianischer Chronist hätte sie als Engel beschrieben, aber ich sah nichts Engelhaftes in ihrer Erscheinung. Ihre Bewegungen waren katzenhaft, ihr Lächeln heimtückisch. Die Dame führte uns in einen Saal voller Halbschatten und Schleier, die im Widerschein des Gewitters leuchteten. Wir nahmen Platz. Gaudí zeigte seine Skizzen, eine nach der andern, und ich übersetzte seine Erklärungen. Eine Stunde – oder eine Ewigkeit – später heftete die Dame ihren Blick auf mich und bedeutete mir lippenstiftlippen-

Barcelona - T. E. de la Sagrada Familia   Abside
Absis

leckend, sie jetzt mit Gaudí allein zu lassen. Verstohlen schaute ich den Meister an, und der nickte unergründlich. So bekämpfte ich meine Instinkte und entfernte mich gehorsam Richtung Gang, wo schon die Türen der Aufzugskabine aufgingen. Einen Augenblick blieb ich noch stehen, wandte mich um und sah, wie sich die Dame über Gaudí neigte, mit unendlicher Zärtlichkeit sein Gesicht zwischen die Hände nahm und ihn auf die Lippen küßte. Da erleuchtete ein kurzer Blitz die Dunkelheit, und einen Moment lang schien mir, bei Gaudí sei keine Dame, sondern eine düstere, leichenhafte Gestalt mit einem großen schwarzen Hund zu ihren Füßen. Das letzte, was ich erblickte, bevor der Fahrstuhl seine Türen schloß, waren die Tränen auf Gaudís Gesicht, glühend wie giftige Perlen. Zurück in meinem Zimmer, legte ich mich aufs Bett, das Gemüt von Übelkeit erstickt, und wurde von blindem Schlaf übermannt. Als die ersten Lichter mein Gesicht streiften, lief ich zu Gaudís Schlafgemach. Das Bett war unberührt und vom Meister keine Spur zu sehen. Ich fuhr zur Rezeption hinunter und fragte, ob jemand etwas von ihm wisse. Ein Portier sagte, er habe ihn eine Stunde zuvor weggehen und die Fifth Avenue hinauf verschwinden sehen, wo ihn beinahe eine Straßenbahn überfahren hätte. Ohne erklären zu können, warum, wuß-

1044 _ Barcelona _ Sagrada Familia .
UNIQUE

te ich genau, wo ich ihn finden würde. Ich ging zehn Blocks bis zur St Patrick's Cathedral, die um diese frühe Zeit menschenleer war. Von der Schwelle des Kirchenschiffs aus erkannte ich die Gestalt des Meisters, der vor dem Altar kniete. Ich trat zu ihm und setzte mich neben ihn. Ich hatte den Eindruck, sein Gesicht sei in einer einzigen Nacht um zwanzig Jahre gealtert und habe den abwesenden Ausdruck angenommen, der ihn bis ans Ende seiner Tage begleiten sollte. Ich fragte ihn, wer die Frau gewesen sei. Perplex schaute er mich an. Da wurde mir bewußt, daß nur ich die Dame in Weiß gesehen hatte, und obwohl ich mich nicht getraute, Vermutungen darüber anzustellen, was

Gaudí gesehen hatte, war ich doch sicher, daß der Blick derselbe gewesen war. Am selben Tag schifften wir uns für die Rückreise ein. Als wir New York am Horizont verschwinden sahen, zog Gaudí die Mappe mit seinen Entwürfen hervor und warf sie über Bord. Entsetzt fragte ich ihn, was nun mit den nötigen Mitteln für die Fertigstellung der Sagrada-Familia geschähe. *Gott hat keine Eile, und ich kann den Preis nicht zahlen, den man von mir verlangt.*

Tausendmal fragte ich ihn auf der Überfahrt nach diesem Preis und nach der Identität des Kunden, den wir besucht hatten. Tausendmal lächelte er mich an, müde, wortlos den Kopf schüttelnd. Mit unserer Ankunft in Barcelona

BARCELONA 18

TEMPLE DE LA SAGRADA FAMILIA
TEMPLO DE LA SAGRADA FAMILIA
TEMPLE DE LA SAINTE FAMILLE

war mein Dolmetscherjob hinfällig geworden, aber Gaudí lud mich ein, ihn zu besuchen, wann immer ich wollte. Ich nahm mein Studium an der Hochschule wieder auf, wo Mascardó gierig darauf wartete, mich auszuhorchen.

»Wir sind nach Manchester gefahren, um eine Nietenfabrik zu besuchen, aber nach drei Tagen sind wir zurückgekommen, denn Gaudí sagt, die Engländer essen nur gekochtes Rindfleisch und können die Muttergottes nicht riechen.«

»Das ist vielleicht verrückt.«

Nach einiger Zeit, bei einem meiner Besuche in der Kirche, entdeckte ich an einem der

Giebel ein Gesicht, das identisch war mit dem der Dame in Weiß. Ihre Gestalt, verschlungen in einem Schlangenknäuel, deutete einen Engel mit spitzen Flügeln an, leuchtend und grausam. Gaudí und ich kamen nie wieder auf das zurück, was in New York geschehen war. Diese Reise sollte für immer unser Geheimnis bleiben. Mit den Jahren wurde ich zu einem annehmbaren Architekten und bekam dank der Empfehlung meines Meisters eine Stelle im Atelier von Hector Guimard in Paris. Dort erreichte mich zwanzig Jahre nach dieser Nacht in Manhattan die Nachricht von Gaudís Tod. Ich nahm den ersten Zug nach Barcelona, gerade rechtzeitig, um das Trauergefolge zu sehen, das ihn zu seiner Beisetzung in der Krypta begleitete, wo wir uns kennengelernt hatten. An diesem Tag schickte ich Guimard meine Kündigung. In der Abenddämmerung ging ich noch einmal auf dem Weg zur Sagrada-Familia, den ich für meine erste Begegnung mit Gaudí genommen hatte. Die Stadt umgab bereits das Baugelände, und das Gotteshaus erklomm einen von Sternen übersäten Himmel. Ich schloß die Augen und konnte die Kirche einen Moment lang vollendet vor mir sehen, so, wie nur Gaudí sie in seiner Vorstellung gesehen hatte. Da wußte ich, daß ich mein Leben der Fortsetzung von meines Meisters Werk widmen würde, im Bewußtsein, daß ich die

Zügel früher oder später anderen übergeben müßte, die wiederum dasselbe tun würden. Denn auch wenn Gott keine Eile hat, Gaudí wartet weiter, wo immer er ist.

Die Abbildungen stammen aus der zeitgenössischen Postkartensammlung von Juan José Lahuerta aus den Jahren 1903-1929.
Sie wurden dem Band *Gaudí. Álbum Científico*, © Edición Triangle Postals S.L. entnommen.

 Bezugspapier: Sagrada Família, Barcelona (Innenansicht). Foto: © Lunwerg Editores / Marc Llimargas. Gesetzt in der Schrift Monotype Baskerville. Gedruckt auf holzfreies, alterungsbeständiges Werkdruckpapier der Firma Cordier, Bad Dürkheim, vom Memminger MedienCentrum. Gebunden in Fadenheftung von der Buchbinderei Spinner, Ottersweier. Printed in Germany. Erste Auflage dieser Ausgabe 2009. ISBN 978-3-458-19318-0

1 2 3 4 5 6 – 14 13 12 11 10 09

Insel-Bücherei
Neuerscheinungen
Frühjahr 2009

John Donne
Erleuchte, Dame, unsere Finsternis
Songs, Sonette, Elegien. Englisch/deutsch.
Mit Übertragungen und einem Vorwort von Wolfgang Held
sowie einem Essay von Madeline Mary Duff.
Insel-Bücherei Nr. 1312

Arno Schmidt
Stürenburg-Geschichten
Acht Erzählungen. Herausgegeben von Thomas Kluge
Insel-Bücherei Nr. 1313

Heinrich Hoffmann
Dukatenbilder
Herausgegeben von Marion Herzog-Hoinkis
und Rainer Hessenberg.
Insel-Bücherei Nr. 1314

Angela Krauß
Ich muß mein Herz üben
Gedichte
Mit Zeichnungen von Hanns Schimansky
Insel-Bücherei Nr. 1315

Musaios
Hero und Leander
Aus dem Altgriechischen neu übersetzt
und herausgegeben von Marion Giebel
Mit farbigen Abbildungen
Insel-Bücherei Nr. 1316

Hans Christian Andersen
Bilderbuch ohne Bilder
Herausgegeben und
aus dem Dänischen übersetzt
von Ulrich Sonnenberg
Insel-Bücherei Nr. 1319